快乐魔法学校

⑤ 黑魔法野营之旅

© 2016, Magnard Jeunesse

本书简体中文版专有出版权由Magnard Jeunesse授予电子工业出版社。未经许可，不得以任何方式复制或抄袭本书的任何部分。

版权贸易合同登记号　图字：01-2023-4943

图书在版编目（CIP）数据

黑魔法野营之旅 ／（法）埃里克·谢伍罗著；（法）托马斯·巴阿斯绘；张泠译. --北京：电子工业出版社，2024.2
（快乐魔法学校）
ISBN 978-7-121-47223-7

Ⅰ.①黑… Ⅱ.①埃… ②托… ③张… Ⅲ.①儿童故事－法国－现代 Ⅳ.①I565.85

中国国家版本馆CIP数据核字（2024）第034278号

责任编辑：朱思霖　文字编辑：耿春波
印　　刷：北京瑞禾彩色印刷有限公司
装　　订：北京瑞禾彩色印刷有限公司
出版发行：电子工业出版社
　　　　　北京市海淀区万寿路173信箱　邮编：100036
开　　本：889×1194　1/32　印张：13.5　字数：181.80千字
版　　次：2024年2月第1版
印　　次：2024年2月第1次印刷
定　　价：138.00元（全9册）

凡所购买电子工业出版社图书有缺损问题，请向购买书店调换。
若书店售缺，请与本社发行部联系，联系及邮购电话：（010）88254888，88258888。
质量投诉请发邮件至zlts@phei.com.cn，盗版侵权举报请发邮件至dbqq@phei.com.cn。
本书咨询联系方式：（010）88254161转1868，gengchb@phei.com.cn。

[法]埃里克·谢伍罗 著　[法]托马斯·巴阿斯 绘　张泠 译

快乐魔法学校

⑤ 黑魔法野营之旅

电子工业出版社
Publishing House of Electronics Industry
北京·BEIJING

目录

第一回　野营　　　　　　　　　　5

第二回　神奇的树!　　　　　　　13

第三回　谁笑到最后谁就笑得最美　21

第四回　来而不往非礼也　　　　　27

第五回　软绵绵　　　　　　　　　33

第六回　意外　　　　　　　　　　41

第 一 回
野 营

呼,这个学年终于接近尾声,所有的考试都考完了!学校要组织我们去德鲁伊特森林野营。我们的班主任赛比雅老师对我们说:"德鲁伊特森林绝对是个神奇的地方!在那里我们可以看到别处看不到的植物和动物。"

不过对我们来讲，这就是提前过暑假！我们会在森林里野营，会跟小伙伴一起住在帐篷里。跟我一个帐篷的是摩图斯、马克西姆斯和马吕斯。其实我们三个并不是很喜欢马吕斯，但是，一个帐篷必须有四个人，所以……

出发那天，爸爸妈妈送我们到校门口集合。这是我第一次离开他们。妈妈反反复复地问我："你带上你的防过敏药水了吗？"

"带了，妈妈……"

"带上防做噩梦护身符了吗？"

校车

"我带了,妈妈!"

"防尿床糖浆,带了吗?"

"妈妈!!"

就好像这样还不足以让我难堪到极点似的,一个声音响起,大叫着我的名字:"哟吼!摩尔迪古,呜,呜,斯!……"

哎呀呀,真让人无地自容!

我姥姥也赶来送我……这个老太太就爱特立独行,这不,她竟然是骑着魔法扫帚来的!

"哎哟哟!我还怕来不及给你送这个……"姥姥递给我一包糖果。哈,太棒了,是魔法搞怪糖!

"希望你和你的小伙伴们旅途上不那么无聊。"姥姥得意地说。

校车司机告诉班主任老师该出发了。

赛比雅老师拍了拍手,招呼我们:"孩子们,上车啦!"

一时间,大家亲吻道别,红了眼圈,唏嘘不止。过了一会儿,所有的小伙伴都在校车上坐好,大家隔着车窗跟爸爸妈妈挥手告别,有些妈妈拿出手帕擦眼泪,她们的样子好像得了重感冒。终于,我们出发啦!

车开了没多久,我拿出了姥姥给我的搞怪糖。

摩图斯尝了一颗,他的声音突然变尖了,这下子他说起话来跟个小姑娘似的,把大家逗得哄堂大笑。马克西姆斯也选了一颗,一吃下去他就开始不受控制地唱起歌来。他是学校合唱队的领唱。老师说他的声音犹如天籁。但是吃完搞怪糖,他唱得难听极了,跟驴叫似的。而且,更可笑的是,他还边唱边打嗝:"太阳当空嗝!花儿对我嗝!小鸟说嗝嗝嗝,你为什么背上小书嗝!"

这下你们知道,魔法搞怪糖的威力超

强了吧……谁也不知道吃了它会发生什么怪事儿……

我也吃下一颗搞怪糖。突然间,我说话的顺序完全倒了过来:"哦玩好很会定一篷帐住起一们我,们伴伙小,嗨!"

很显然,没人听得懂我在说什么,但是大家都开心地大笑起来。轮到马吕斯了,令人绝对没想到的是,他吃了糖就开始飙脏话:

我们的喧闹引起了老师的注意。赛比雅老师从座位上站起身,向我们这边走来,正巧听到了马吕斯所有的脏话……

"天哪……马吕斯!这样的话你怎么能说得出口?"

"不是我的错,老师,是摩尔迪古斯,他的糖果……"

"你不要犯错就赖别人!还是先看看自己错在哪里吧!罚你抄写一百遍:野营期间我绝对听话,绝不扰乱秩序。看你能不能长记性!"

看来,马吕斯这颗糖真的是可谓难以下咽啊!

第二回
神奇的树！

一路上，马吕斯都没有再跟我说一句话……但这又不是我的错，我又不知道哪颗糖有哪种威力！他怪我怪得很没道理，这不是小题大做嘛……

野营地到了，我们刚一下校车，就见到了前来迎接我们的营地负责人席勒维尤斯。我们在德鲁伊特森林野营期间，他也将担任我们的向导。他警告我们说:"这可是一片魔法森林哦,对于不了解它的人,它相当危险。所以,没有我的允许,你们不要随便触碰任何植物,也要小心各种动物,即使它们有时候看上去毫无攻击性。"

短短的欢迎词过后,我们纷纷把行李搬进帐篷。我收拾好东西,打开睡袋铺在地上。

席勒维尤斯住在离我们不远的木屋里。那个木屋同时也是他的实验室。野营的第一课就是参观这个实验室。不得不说,这个实验室令我们啧啧称奇:每面墙上都钉着一层又一层的架子,架子上满满地摆放着大大小小的瓶子和一盆盆千姿百态的植物。席勒维尤斯没有向导任务的时候,就待在这里搞研究。无论什么动物或者植物，他都了如指掌。

我们还看到瓶子上贴着各种各样的标签，每个标签都很有趣："变形口水""咯吱咯吱粉""噩梦草"……

"既然都已经安顿好了，我们不如现在就去探索魔法森林，怎么样啊？"

"那太好了！"赛比雅老师非常赞同，"什么都不如身临其境的体验啊。"

我们两个人一行地站好了队，向森林进发。一路上席勒维尤斯不停地给我们讲解，他充满知识性和趣味性的讲解很快吸引了我们，大家听得非常认真。

"这是一棵弹力无花果树。它特殊的汁液令它具有超强的弹性。"

我们的向导每见到一种树都会给我们仔细介绍。

他从这棵无花果树上折下一根树枝。这根树枝看起来非常坚硬,但是席勒维尤斯却能轻松地将它弯来弯去,甚至可以把它打成一个结。但是只要一松开手,它就会自己弹开,恢复成原来的样子,真神奇!

"这棵呢,是多嘴多舌树,也叫鹦鹉树。你好啊,鹦鹉树,你今天怎么样啊?"

席勒维尤斯为什么要跟树问好?我们面面相觑,摸不着头脑。但是,我们很快就恍然大悟了。因为面前的这棵树抖动着叶子,学着席勒维尤斯说起话来:"你好啊,鹦鹉树,你今天怎么样啊?"

这声音虽然从树干里发出,却跟席勒维尤斯的声音一模一样……

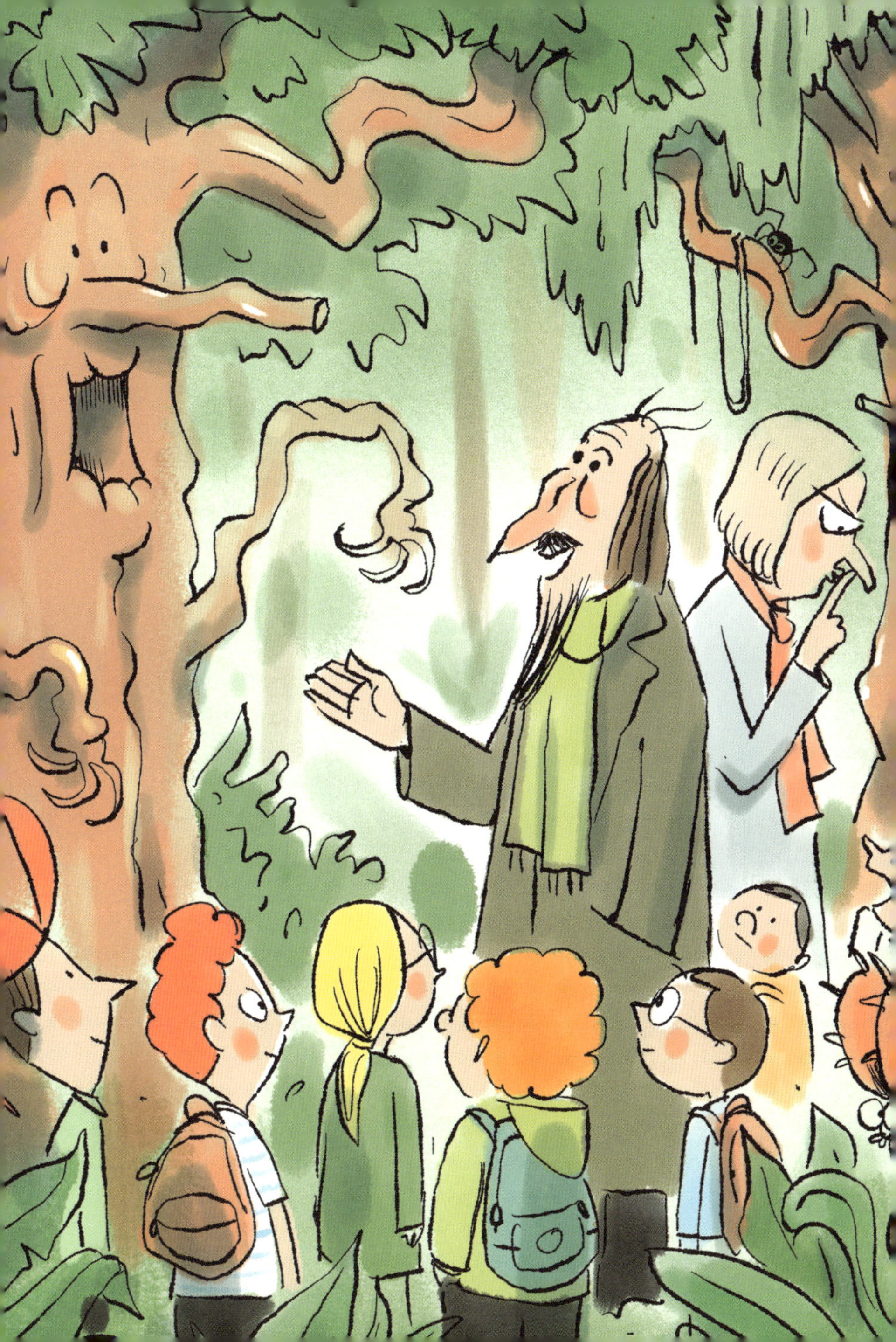

我们的向导补充道:"这棵树能模仿任何人说话,你们是不是做梦都想不到啊?"

德鲁伊特森林确实名不虚传,时时有发现,处处是惊喜!遗憾的是,席勒维尤斯决定第一天的参观就到这里:"今天我们就学这么多吧。你们应该已经很累了。现在解散,你们随便玩一会儿,但是记住,什么都不要碰啊……"

大家跑到森林里,四散开来,有的玩捉迷藏,有的扮狼人杀,开心极了。不过马克西姆斯没有跑去跟大家玩,他留在席勒维尤斯身边,继续向他提各种各样的问题,还时不时地记着笔记。马吕斯也没有走开,他也专心致志地听着向导的进一步讲解。

过了一会儿，我们回到了野营地，大家都累得筋疲力尽，吃过晚饭，就各自回了帐篷。

马吕斯还在生我的气。马克西姆斯在整理笔记。摩图斯拿出电子游戏机玩了起来。我实在太累了，只想赶紧躺下，于是我钻进睡袋准备舒舒服服地睡一觉——好像有点儿不太对劲……

我突然特别想笑，开始我还只是咯咯咯地笑，随后就止不住地狂笑起来。我边笑边在睡袋里扭动身体，好像有人在拼命地挠我痒痒，折磨我。想睡觉的小伙伴们纷纷抱怨起来。

我想对自己大叫"别笑了,别笑了!",但是我根本停不下来,直笑得浑身疼痛。

第 三 回
谁笑到最后谁就笑得最美

我这恐怖的狂笑声当然引来了老师，席勒维尤斯也来了。

"出什么事儿了？"赛比雅老师疑惑不解。

马吕斯赶紧回答道："老师，是摩尔迪古斯在搞鬼。他不让我们睡觉！"

老师问我到底怎么了。我挣扎着爬出睡袋，但仍然止不住大笑，什么话也说不出来。

"我知道了，"席勒维尤斯看出了门道，"看样子，你应该是碰了痒痒草。让我看看……"

说着，席勒维尤斯打开了我的睡袋，果然，几根小草出现在大家眼前。我看向马吕斯，他竟然假装无辜，若无其事地看着别处。这种办法也就他能想出来！怪不得下午的时候，他那么认真地听向导老师讲解。这个爱记仇的家伙，为了报复我，真是不择手段……

可惜我没法告他的状，因为我还在被自己的大笑折磨着。

后来，痒痒草的效力渐渐减弱，我终于停止了大笑，大家终于可以睡觉了。

睡前，马吕斯还不忘讽刺我："怎么，你的幽默感用完啦？"

第二天，我仍然对他的恶行怀恨在心，他却因为阴谋得逞而得意洋洋起来。我心里产生了一个念头……

午饭过后，我找到马吕斯，从姥姥的糖果包里拿出一块糖递给他："给，马吕斯，我再送你一颗糖，咱们和好吧。"

马吕斯开始有些不相信："一块口香糖？嗯，这不是个陷阱吧？"

"当然不是，一块口香糖，你有什么可害怕的？"

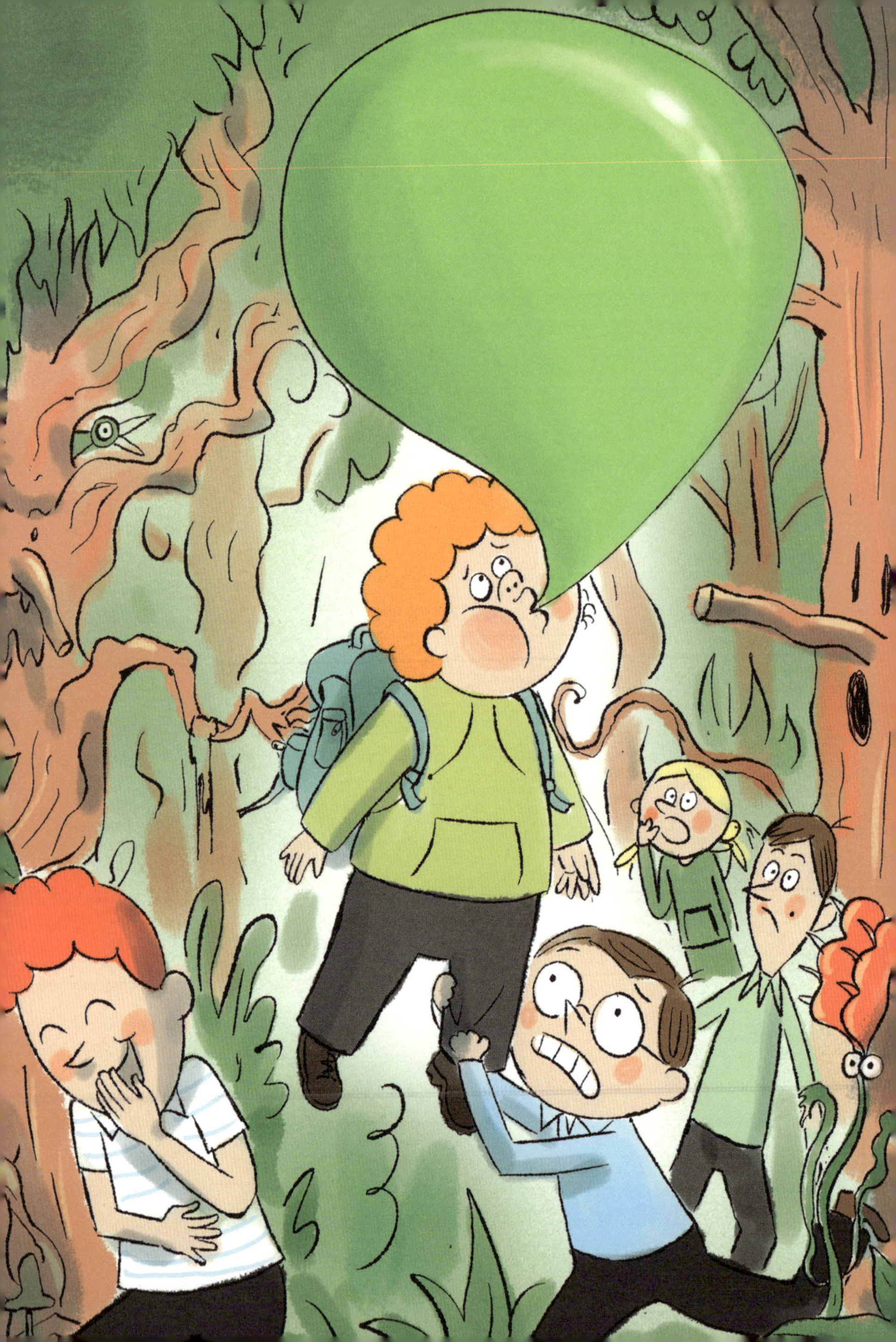

你们真觉得我真心想跟他和好吗？其实，这块口香糖可非同一般……我知道它的特别之处，因为有一次我的癞蛤蟆阿尔诺误吞了一块，那次它可被害惨了！

"这不只是一块口香糖，也是泡泡糖，你可以吹出超级大泡泡！"

听我这么一说，马吕斯虽然还有一些犹豫，但他还是拿起口香糖扔进嘴里。他嚼了一会儿，果然吹出了一个大泡泡。这个泡泡越变越大，越变越大……马吕斯看着自己眼前的泡泡惊得瞪圆了双眼，他早就不再吹气，但是泡泡还在自己变大。突然，马吕斯的双脚离开了地面，他慢慢地飘起来，大泡泡带着他越升越高。

马克西姆斯和摩图斯刚巧从旁边经过，他们赶紧一人抱住马吕斯的一条腿，想救他下来。大家也跟着叫喊起来。

老师闻声赶来:"马吕斯,停止你的恶作剧,赶紧下来!"

这个倒霉蛋当然没法为自己争辩,他的嘴巴牢牢地粘在大泡泡上面!大家一起用力把他拉回到地面,但是只要一松手,他就又飞走了。而我则笑得直不起腰来,这就是马吕斯应得的惩罚!

第 四 回
来而不往非礼也

大泡泡的魔力渐渐减退,最后消失了。马吕斯的嘴巴刚一恢复正常,他就向老师告我的状:"老师,是他给我的口香糖,他就是想害我!"

我赶紧为自己辩护:"不关我的事儿啊,这可是搞怪糖啊!我又不知道这颗糖有什么魔力!"

"你说谎!"马吕斯大叫,"你肯定知道!"

老师想平息我俩的战火:"好了,无凭无据,就别告状了。来吧,你们两个握手言和,这点儿破事就别再提了!"

听到老师这么说,我俩只好握了握手,但是谁心里都不服气。

下午，我们又出发去了森林。

马克西姆斯和马吕斯被分到一个小组，摩图斯和我在另一个小组。每个组都要搜集一些植物标本。为了帮我们辨认不同的植物，席勒维尤斯给我们准备了一些图片。

他还特别指出有些植物和动物需要我们分外小心。

突然,有人惊叫起来,是马吕斯,原来一只大蜘蛛爬到了他身上,把他吓得魂飞魄散……马吕斯最怕的就是蜘蛛!随后,摩图斯差点儿被一株食人花咬到。但我在灌木丛里撞见的东西比他们遇到的都要刺激得多……

我,竟然,跟一个怪物差点儿撞到一起:这个怪物身体像一只老鼠,但是体型像狗那么大,它长着猴子的脸,脸上有个超大的鼻子,它的耳朵像兔子,眼睛又圆又大,露着凶光。怪物看到我也吓坏了,它一下子立起后腿,开始向我吐口水。

我左躲右闪,险些被它吐到!怪物突然一扭身,一溜烟儿消失在森林中。

"算你走运!"席勒维尤斯后来对我说道,"根据你的描述,你碰到的很有可能是一只吐痰变形怪。幸好你躲过了它的口水,要不然……"

"要不然会怎样?"

"我还是不说为好,相信我,免得把你吓坏了……"他半开玩笑地没有继续解释下去。

但是我有办法知道到底会怎么样。在怪物跑开之后,我趁机收集了一些它的口水,放在瓶子里带了回来。放在谁身上试一试呢?那还用说嘛……大家拭目以待吧!

第二天一大早,整个营地被一声尖叫吵醒,是马克西姆斯,他指着马吕斯……

马吕斯的鼻子变得超级大,他的耳朵也变大了。此时的他瞪大了双眼,完全被自己的样子吓呆了。

第五回
软绵绵

席勒维尤斯赶紧把马吕斯带回帐篷，给他用了变形怪口水解药。马吕斯的脸恢复了正常，但他更加生我的气。关键是他没法证明是我干的……他走到我身边，用很低的声音恶狠狠地说："你给我等着……"

吃过午饭,我们又要去探访森林。这一次,我们的任务是捕捉昆虫带回来研究。

刚一上路,我的双腿就突然变软!我不得不坐下来,我想告诉老师,但我连出声的力气都没有。我想伸手招呼大家,可我的胳膊也变得软塌塌的,像两根香肠一样耷拉在身体两边。我怎么了?这也太可怕啦!

摩图斯发现了我的异常,赶紧告诉老师:"老师,您快看看摩尔迪古斯!他、他变软了……"

老师赶快过来,看到我的样子,她吓得尖叫一声,闻声赶来的席勒维尤斯对我进行了全面检查。

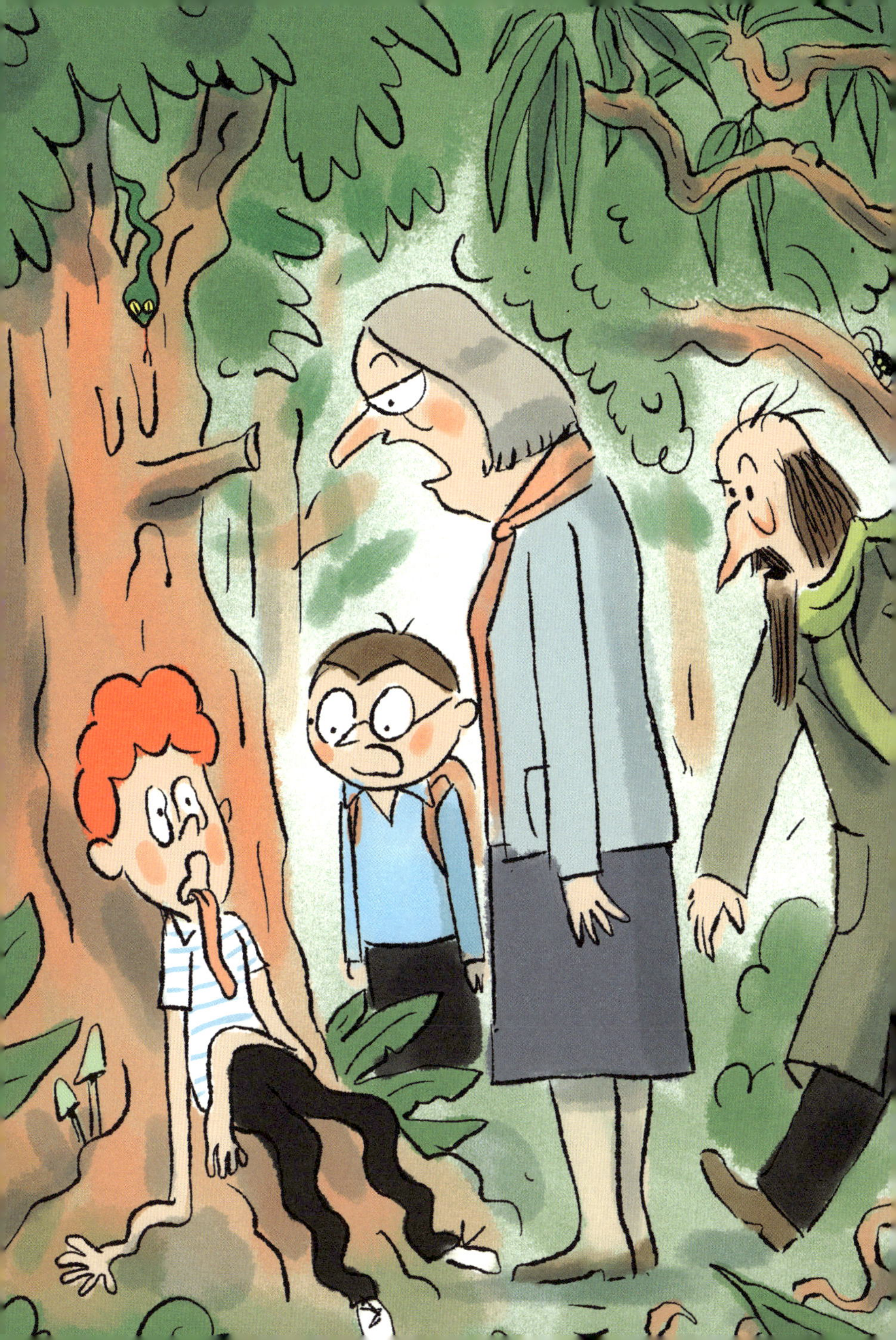

他拎起我的胳膊弯过来弯过去，我竟然什么感觉都没有！

"我知道了！看样子你应该误食了含有弹力无花果树成分的药水。但是，你是怎么……"

这个我知道！肯定是马吕斯搞的鬼，他一定溜进了席勒维尤斯的实验室，从里面偷了药水，在吃饭的时候偷偷放进了我的杯子。

"他这个样子，可怎么治啊？"赛比雅老师担心极了。

"治不了，"席勒维尤斯叹了口气，"只能等药力慢慢消退。非常抱歉，我们去森林不能带着你喽，摩尔迪古斯。你就待在这里休息吧。我的小木屋还挺舒服的吧。"

说着他把我抱到床上。

走过马吕斯身边的时候,我听到他得意地对我说:"好好享受你的特别下午时光吧……"

我简直要气疯了!既然你不仁,就不要怪我不义!我躺在床上,看着满墙的药水,不由得暗笑起来。

过了很长时间,药力消退,我终于重新站了起来。我把瓶子上的标签都看了一遍:这三个我不能再用,如果用了,肯定会引起怀疑。

哈,这个好……这几瓶后面,还有一瓶……

晚饭的时候,我瞅准机会,把一撮药粉撒进了马吕斯的杯子。吃过饭后,赛比雅老师把我们两个叫到一起:"说说吧,你们两个到底怎么了?"

我假装无辜:"没怎么呀,老师……"

"说说吧,你们两个到底怎么了?"马吕斯用老师的口吻和声音重复了赛比雅老师的话。

他被自己的行为吓坏了,伸手想捂住自己的嘴巴。

"你在学我?马吕斯?"老师也不相信自己的耳朵。

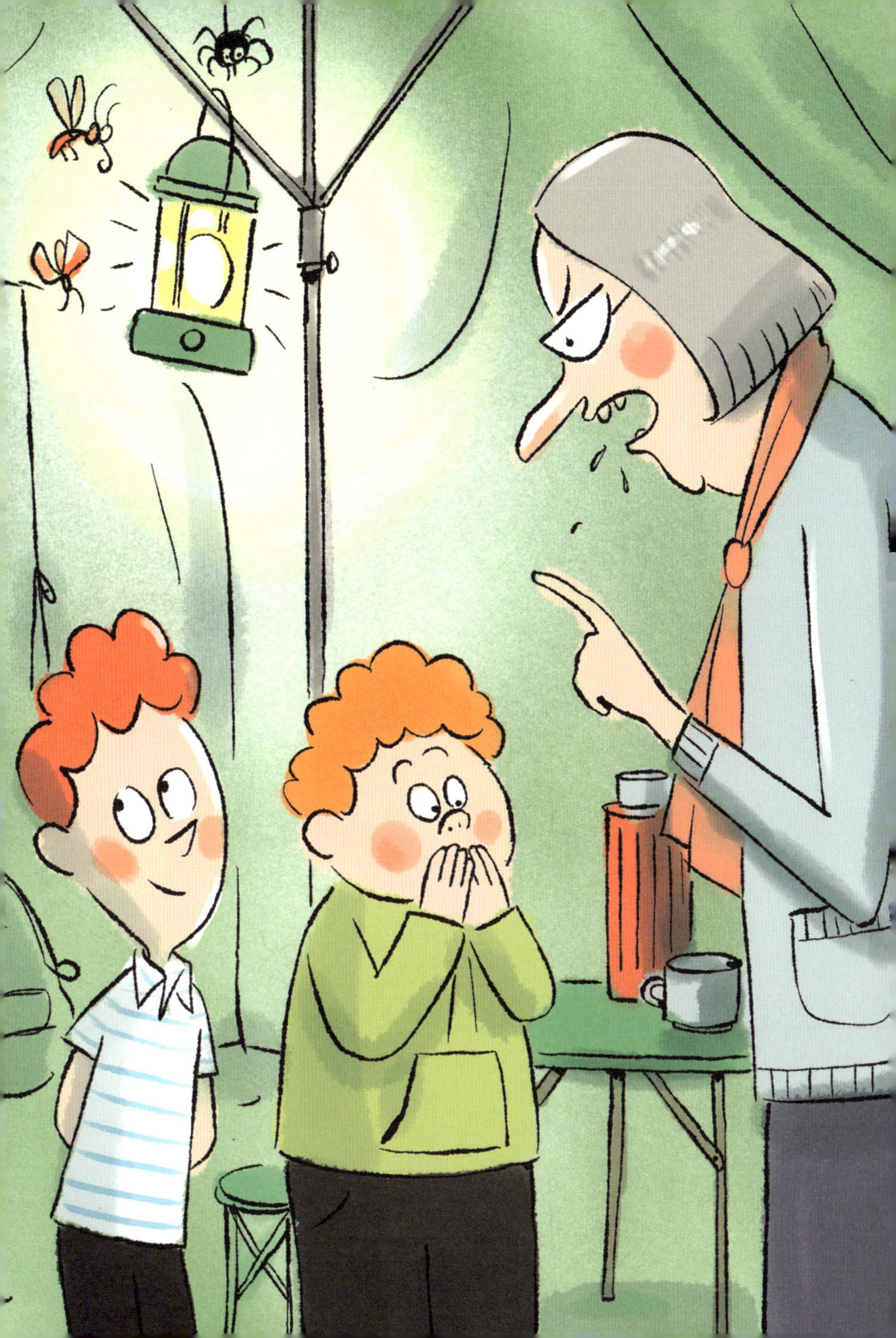

"你在学我？马吕斯？"马吕斯重复道。

"哎呀，你……你简直太过分了！赶快回去睡觉！"

"哎呀，你……你简直太过分了！赶快回去睡觉！"

鹦鹉树药水果然威力无穷。这下可好玩了。而且好戏还在后面……

第六回
意 外

夜深人静,一连串的尖叫惊扰了大家的美梦。马吕斯,又是他!只见他慌慌张张地跑出帐篷,边跟跟跄跄地跑着,边大叫着:"蜘蛛,有蜘蛛!救命啊,快救救我啊!"

他边跑边扭动着身体,还用手拼命拍打着自己的后背!

他越跑越远,但他的呼救声还回响在我们身边:"救命啊!!!快把我身上的蜘蛛拿走啊!!!"

我很清楚他身上绝对没有蜘蛛,是噩梦草药水在发挥作用。我在他杯子里同时下了两种药,嘿嘿……

大家都被吵醒了,马吕斯还在继续飞奔。老师赶紧喊他:"马吕斯,快回来!"

"马吕斯,快回来!"马吕斯的声音从远处传来。

席勒维尤斯也担心起来:"哦,可不要跑进森林里啊,夜晚的森林……"

话音未落,他就冲过去追马吕斯。正在这时,森林里传出一声尖叫,然后就是一片死寂。马吕斯好像被什么东西给生吞了……

我一下子惊住了。我的脸颊发烫，额头上也开始冒冷汗。别是马吕斯真出了什么事吧？要是他真被什么怪物给吃了……哦，幸好，席勒维尤斯抱着马吕斯走出了森林。

"他摔了一跤，肯定扭到哪里了。"

确实，马吕斯的脚踝肿了起来，他疼得直哼哼。

席勒维尤斯把他放在睡袋上。

"我会给他喝一些弹力水，这样他的脚踝就能很快痊愈。但是，我就是搞不懂，难道他被什么苍蝇叮了？要不然他……"

我绷不住了，呜咽着坦白了一切。

"不是什么苍蝇！他梦到蜘蛛……是因为吃了噩梦草。都是我的错！"

"噩梦草……哦，这就对了！"席勒维尤斯恍然大悟，"吃了噩梦草，就会梦到自己最害怕的东西。马吕斯最怕的，不就是蜘蛛嘛。"

马吕斯听了不停地点头。

我一股脑地把发生的一切都告诉了老师和席勒维尤斯。

"你们两个太不理智了！"赛比雅老师非常生气，"这种恶作剧是会出大事儿的！"

我羞愧地低下了头："对不起，老师，我知道错了。马吕斯，我真不该给你吃鹦鹉树药水和噩梦草药水，也不应该骗你吹泡泡。"

"我也不对,我不应该给你喝弹力水,也不应该在你睡袋里放痒痒草。"马吕斯也对我真诚地道歉。

"希望你赶快好起来。"这句绝对是我的真心话。

说着,我从口袋里掏出了姥姥给我的糖果,虽然只剩三四块,但我都给了马吕斯:"给,都给你!"

马吕斯伸手想接,但他突然放下了手,忙不迭地说:"哦……还是算了,谢谢你!我以后再也不吃糖了……"